U0689703

全國高等院校古籍整理研究工作委員會重點項目

浙江大學「211工程」三期「古代文化典籍整理、研究與保護」項目

義烏叢書編纂委員會
浙江大學浙江文獻集成編纂中心 編

青村遺稿

〔元〕金涓 著
劉金榮 點校
張涌泉 審訂

中華書局

圖書在版編目(CIP)數據

青村遺稿/(元)金涓著;劉金榮點校. —北京:中華書局,2020.6
(義烏叢書·義烏往哲遺著叢編)
ISBN 978-7-101-10766-1

Ⅰ.青… Ⅱ.①金…②劉… Ⅲ.中國文學-古典文學-作品綜合集-元代 Ⅳ.I214.72

中國版本圖書館CIP數據核字(2015)第039556號

書　　名	青村遺稿
著　　者	〔元〕金　涓
點 校 者	劉金榮
審 訂 者	張涌泉
叢 書 名	義烏叢書·義烏往哲遺著叢編
責任編輯	許旭虹
出版發行	中華書局 (北京市豐臺區太平橋西里38號　100073) http://www.zhbc.com.cn E-mail:zhbc@zhbc.com.cn
印　　刷	北京瑞古冠中印刷廠
版　　次	2020年6月北京第1版 2020年6月北京第1次印刷
規　　格	開本/880×1230毫米　1/32 印張4¼　插頁2　字數70千字
國際書號	ISBN 978-7-101-10766-1
定　　價	49.00元

義烏叢書學術委員會

主　任　安平秋

副主任　張涌泉　吴　格

委　員（按姓氏筆畫爲序）

王雲路　張英聘　馮春生　樓含松　盧敦基

義烏往哲遺著叢編編委會

主　編　張涌泉　樓含松

義烏叢書編輯部

主　　編　吴小鋒

副 主 編　周大富

成　　員（按姓氏筆畫排序）

毛曉龍　金曉玲　施章岳　孫清土　張建鵬　張興法

傅　健　賈勝男　趙曉青　鄭桂娟　樓向華　劉俊義

潘桂倩

本書執行編輯　施章岳　趙曉青

總序

汩汩義烏江，從遠古流來，流過上山文化，流經烏傷古縣，流入當今小商品之都，流成一條奔涌着兩千兩百餘年燦爛文明浪花的歷史長河。

義烏江流域，山川秀美，物華天寶，文教昌盛，地靈人傑。自秦王政始置烏傷縣，兩千兩百多年的歷史時期，勤勞智慧的義烏人在此耕耘勞作，繁衍生息，改造山河，創造了璀璨的歷史文化。

義烏地方文化，是中華民族文化的組成部分，因其獨特的地理環境和歷史原因，又具有自身鮮明的特徵。

義烏文化的獨特性，體現在「勤耕好學、剛正勇爲、誠信包容」的義烏精神裏，體現在「崇文、尚武、善賈」的義烏民俗裏，體現在「博納兼容、義利並重」的義烏民風裏。義烏精神及民風、民俗遂成爲源遠流長的中華民族文化之泓泓一脈，成了中國歷史上不可或缺的一頁。千百年來，義烏始終在傳承着文明，演繹着輝煌，從而使義烏這座小城魅力無限。

義烏自古崇尚耕讀，特別是唐代之後，學風漸盛，素有「小鄒魯」之稱。自宋以來，縣學、社學、書院及私塾等講學機構多有設立，而「莅兹土者，莫不以學校爲先務」。故士生其間，勤奮好學，蔚成風氣，學有成就，燁燁多名人。並且，輻射出巨大的文化能量，不僅本地名儒代有，在浩浩學海與宦海中大展宏圖，而且還活動過、寄寓過數不勝數的全國各地的文化名人，從文人學者到書家畫師，從能工巧匠到杏林名家，其生動活潑的文化創造與傳播，綿延不絕的文化承續與傳遞，從來没有湮滅或消沉過。在博大精深的中華文化領域裏獨樹一杆頗具特色的義烏文化之幟，在優雅千載的儒風中誕生了許多屹立於中華民族之林的英傑。也正是文化底蘊的深厚與文化内涵的博大，造就了令人神往的義烏，使其作爲中華文化淵藪的鮮明形象而歷久彌新。

歷史，拒絶遺忘，總要把自己行進的每一步，烙在山川大地上。

時間逝而不返，它帶走了壯景，淘盡了英雄，留下了無數文化勝迹和如峰的聖典。只有在經過無數教訓和挫折之後的今天，人們才逐漸認識到作爲一個複雜系統的組成部分，城市的各要素所具有的種種不可替代的價值和功能，它們飽含着從過去傳遞下來的信息，而《義烏叢書》正是記録這些信息的真實載體。

歷史是無法割斷的，許多古老的文化至今仍然在現實生活中發揮着重要作用。當我們向現代化的目標邁進時，怎樣繼承古老文化的精華，剔除其封建糟粕，在傳統文化的基礎上建立社會主義新的文化格局，是一個擺在我們面前與物質生産同等重要的任務。

一位哲學家曾經説過，哲學就是懷着鄉愁的衝動去尋找失落的家園。今天，我們正處於一個重要的歷史性轉折時期，越來越多的有識之士也開始意識到，對民族民間文化源頭的追尋迫在眉睫。鑒於此，我們編纂出版《義烏叢書》，具有深遠的歷史和現實意義：

搶救文化典籍，古爲今用　文化典籍中的善本古籍，是前人爲我們留下的寶貴精神財富和歷史見證，極富文獻價值和文物價值。義烏歷代文士迭出，著述充棟。這些歷經滄桑而幸存下來的「國之重寶」，或出於保護的需要，基本封存於深閣大庫，利用率甚低；或由於年代久遠，幾經戰亂，面臨圮毁。如今，《義烏叢書》編纂工作的啓動，爲古籍的保護與使用找到結合點，通過影印整理，皇皇巨著擇除世紀風塵，使其化身千百，爲學界所應用，爲大衆所共享；同時，原本也可以得到保護。真可謂是兩全之策，是爲民族文化續命，是爲地方文化續脈。

繼承傳統文化，發揚光大　在義烏歷史上，有許多人文典故值得挖掘，有許多可歌可泣的先進事迹值得記載。撥浪鼓文化需要傳承，孝義文化值得發揚，義烏兵文化應予光大。但由於歷史上的義烏是個農業縣，文化底蘊雖然深厚，載入史册的却寥若晨星。而深厚的歷史文化傳統能孕育和産生强大的文化力，能爲塑造良好的城市形象提供重要基礎，這種文化力所形成的精神力量深深熔鑄在城市的生命力、創造力和凝聚力中，是推動城市經濟和社會進步的内在動力。因而，《義烏叢書》編纂者堅持傳統文化與現代文化相銜接，精英文化與大衆文化相兼顧，創作出義烏歷史上從未有過的文化系列叢書，既是精神文明建設的需要，也是物質文明建設的需要。

追溯文化發源，承前啓後　義烏經濟的發展，並非無源之水，無本之木。「參天之木，必有其根；環山之水，定有其源。」義烏發展的文化之源、義烏商業的源流之根、義烏文化圈的形成特質，包括宋代事功學説對義烏「義利並重、無信不立」文化精神的影響，明代「義烏兵」對義烏「勇於開拓、敢冒風險」文化精神的影響，清代「敲糖幫」對義烏「善於經營、富於機變」文化精神的影響等。因而，如何用文化來解讀義烏，也成了《義烏叢書》的重要組成部分。

廣義的文化幾乎無所不包，狹義的文化基本限於觀念形態領域。從以上包含的内容可看出，《義烏叢書》對「文化」的界定，似乎介於廣、狹之間，凡學術思想、哲學原理、科技教育、文學藝術等多個類别與層次，均在修編範圍之内。

幾千年歲月藴蓄了豐贍富饒的文化積澱。面對多姿多彩、浩瀚博大的義烏文化形態，我們感受到了其内在文化精神的律動。

保存歷史的記憶，保護歷史的延續性，保留人類文明發展的脈絡，是人類現代文明發展的需要。如今，守望歲月的長河，我們不能不呼籲，不要讓義烏失去記憶。

《義烏叢書》卷帙浩繁，她集史料性、知識性、文學性、可讀性、收藏性於一體，以翔實的史料、豐富的題材、新穎的編排，全景式地再現了江南「小鄒魯」的清新佳景和禮儀之邦精深的内涵。走進她，就是走進時間的深處，走進澎湃着歷史的向往和時代的潮音的實地，去領略一個時代的結束，去見證另一個時代的開始。宏大精深的傳統文化曾經是，也將永遠是義烏區域文化賡續綿延的基石，也是義烏繼續前進乃至走在全省、全國前列的力量。在建設國際商都的進程中，搶救開發歷史文化遺産，掌握借鑒先哲遺留的豐碩成果，是全市文化學術界的共同期盼。因而，編纂這套叢書既是時代的召喚，也是時勢的需要。

習近平總書記近年來一直强調，文化自信是更基礎、更廣泛、更深厚的自信。我們認爲，地方文化是中華文化的本質特徵和根本屬性，是中華文化的重要代表。我們對地方文化源頭的追尋，正是爲了堅定我們中華文化的自信。這也正是我們編纂出版《義烏叢書》的主旨與意義所在。

義烏叢書編纂委員會

目録

青村遺稿附録

補遺

附卷

前　言

金涓（一三〇六—一三八二），字德源（源或作原），號青村，浙江義烏人，元末明初知名的學者和詩人。金涓終其一生，不事功名，不應徵辟，幽居鄉野，教授著書，傳道授業，深爲時人及後世敬仰。

元大德十年（一三〇六）四月十九日，金涓出生於義烏縣的繡湖之濱。金涓祖上本姓劉，五代之際，因爲劉與鏐同音，避吴越王錢鏐之名諱，時任東都越州刺史的劉圻率先易劉爲金，所以，浙江境内的金姓多與劉姓本爲同宗。

金涓自幼聰慧，每日記誦數千言；稍長，學文於同縣之黄溍。黄溍爲有元一代的文章宗師。黄溍見金涓文章簡古，甚以爲奇，遂悉心教導。元至順二年（一三三一），黄溍奉召以應奉文字的身份到大都，進入翰林院。之後，金涓就投到東陽許謙門下。許謙字益之，號白雲山人，卒謚文懿。許謙幼年喪父，由其母口授《孝經》、《論語》。

後師承金履祥。金履祥曾師事王柏與何基，被認爲是儒學道統在婺州（今浙江金華市）的嫡傳。許謙爲學刻苦勤奮，盡得師傳，晚年在東陽八華山開門講學，其弟子「遠而幽冀齊魯，近而荆揚吴越」，負笈投學者，不遠千里而來。與金涓同學者多達一百餘人，唯金涓學業最優，深得許謙賞識，稱爲入室高弟。

元至正十八年（一三五八）三月，朱元璋攻取建德，戰火逼近婺州。金涓爲避戰亂，遷居蜀墅塘之青村，成爲義烏青村派金姓之祖。蜀墅塘相傳是南宋淳熙年間大理寺卿兼翰林學士王槐告老還鄉後出資興建的，水域四頃，方圓十里，中間有一座山叫蜀山。又傳説王槐修築蜀墅塘時，有一個自稱康侯的人，與王槐竟日相遊，並爲王槐籌劃築塘事宜，後康侯不知所之，衆以爲仙人，所以，蜀墅塘又稱康湖。金涓自遷居青村以後，逍遥於十里康湖之濱，沉浸於詩情畫意之中，吟山詠水，寫下了許多膾炙人口的詩篇。

金涓學文於黄溍，學經於許謙，淹貫經傳，卓識過人，但性情沖澹，澹泊功名，不願仕宦。雖摯友交相薦舉，推辭不就；郡縣徵辟，堅拒辭謝。還在元朝時，翰林虞集和柳貫就極力推薦金涓，但他不願出來爲官；到明朝洪武年間，宋濂和王褘擔任

《元史》總裁，又推薦他出來修《元史》，他依然不肯出山。金涓後半生高卧煙霞，縱情於山水之間，在鄉里教徒授業，以著述吟詠爲樂。

金涓一生筆耕不輟，著有《湖西集》和《青村集》二部詩文集，共四十卷。其詩文，宋濂讚曰：「氣雄而言腴，發爲文章，尤雅健有奇氣。」（見宋濂《跋金德原和王子充詩後》）金堡讚曰：「氣清深而格醇正，使讀之者挹其流芳，猶足廉貪夫、立懦志。」（見金堡《青村遺稿序》）胡鳳丹曰：「其詩模範山水，陶冶性靈，亭亭物表，矯矯霞外，非夫志趣超曠、性情閒適、有待於中而無營於外者，烏能詣此。」（見胡鳳丹《青村遺稿序》）《四庫全書總目提要》云：「不待矯語清高，自無俗韻，又恬於仕宦，疎散寡營，亦無所怨尤，故品格終在江湖詩上耳。」可惜到嘉靖年間，金涓的詩文集就已經散佚無存。其六世孫金魁搜得遺稿及師友相關詩文各一卷，由金魁子金江梓印流傳。元、明人所刊詩集，諸如傅習和孫存吾所編《皇元風雅》、偶桓的《乾坤清氣集》、孫原理的《元音》、宋緒的《元詩體要》等，都没有收録金涓的詩歌。清初順治年間，其裔孫金光（原名金漢綵，字公絢）將嘉靖本再行梓印，現藏於南京圖書館的清鈔本即爲源自金光的再刻本。康熙四十一年（一七〇二），顧秀野在編纂《元詩選》二集時輯録《青村遺稿》，依嘉靖刻本收録了金涓的大部分詩歌，但没有超出現存《青村遺稿》的範圍。清乾隆年間編修《四庫全書》時，浙江巡撫采進嘉靖刻本，《四庫全書·青村遺稿》收録了金涓的詩文一卷，較之《元詩選·青村遺稿》所收詩文略多，但没有收録師友相關詩文。清同治年間，永康胡鳳丹請假歸里，築十萬卷樓，杜門謝客，以著書自娱，采掇郡縣古今散佚遺書加以刊印，題名《金華叢書》，其中就有得自孫琴西遜學齋嘉靖刻本之手鈔本《青村遺稿》，將其輯入《金華叢書》，所收録詩文則一併包括師友詩文。後商務印書館將《金華叢書》本《青村遺稿》輯入《叢書集成初编》。清代所編《御定歷代題畫詩類》、《御選宋金元明四朝詩》、《御定佩文齋詠物詩選》等收録了金涓的部分詩歌，但數量都很少，未超出《青村遺稿》的範圍。嘉靖刻本今亦已失傳。目前金涓詩文所存的版本實爲四個：一是顧秀野《元詩選》二集的節選本，收録金涓的大部分詩歌；二是《四庫全書》的一卷本，收録金涓的詩文；三是《金華叢書》的二卷本，包括金涓詩文一卷和師友詩文一卷；四是南京圖書館所藏清鈔本《青村遺稿》。較之《金華叢書》本，後者多了胡森和董期生二人的序，以及董期生和金光的跋。今人所編纂之《全元文》據文淵閣《四庫全書》本

《青村遺稿》收録金涓序文一篇。

因爲幾度散佚，金涓詩文的流布大受影響。《青村遺稿》是我們目前研究金涓生平和詩文最爲重要的資料，其爲人與爲文，都可以在其詩文中得窺一斑。金涓才氣超群，深受同時代人的讚賞，而他又極富同情心，對孤寡貧弱傾財相恤，因此頗有時譽。儘管有人説，金涓之爲人不以其詩文存否而受影響，但客觀地説，由於金涓的絶大部分詩文散佚，已經極大地影響了後人對金涓的認識。以金涓的才氣及其著述，其影響應該不遜於同時代的宋濂、王褘等人，但實際情況却不是這樣，金涓已經是幾近被遺忘的詩人，正史無傳，僅見於方志，即使在義烏，有關金涓的事迹也很難找尋了。所以，《青村遺稿》的整理，有助於人們再認識這位元明之際的文人名士，確立他應有的歷史地位。

此次整理，以《金華叢書》所輯録的《青村遺稿》爲底本。這個版本，所收詩文最多，校勘也最精，世稱善本；同時比較容易得到，適合作爲底本。采用南京圖書館所藏清鈔本《青村遺稿》、文淵閣《四庫全書·青村遺稿》作爲參校本；同時，參校《元詩選·青村遺稿》、《全元文》、《黄文獻公集》、《王忠文集》、《宋学士文集》、《元史》、《崇儒金氏宗譜》及歷代義烏方志等書，輯録《崇儒金氏宗譜》、《四庫全書總目提要》、《金華先民傳》、萬曆《義烏縣志》等文獻中與金涓或《青村遺稿》相關的資料。

《金華叢書·青村遺稿》原爲正附二卷，正卷爲金涓詩文一卷，附録爲師友詩文一卷。此次點校過程中，發現了《題蜀山樵唱後序》《金華七河東閣記》兩文及《題水竹洞天》詩兩首，輯爲補遺。所發現的序跋和金涓的傳記等相關資料合爲一卷，獨立爲附卷，以區别於《青村遺稿》中的附録，其中包括南京圖書館清鈔本《青村遺稿》保存的胡森、董期生、金漢綵等人的序跋，《崇儒金氏宗譜》所保存的一篇記文，嘉慶《義烏縣志》所保存的一篇散佚序文。

凡例

一、本點校本以江蘇廣陵刻印社影印本《金華叢書·青村遺稿》作爲底本，並以南京圖書館藏清鈔本（簡稱清鈔本）、文淵閣《四庫全書》本（簡稱《四庫》本）及《元詩選》二集本（簡稱《元詩選》本）爲參校本。以《叢書集成初編·青村遺稿》爲通校本。

二、凡底本中原有的通假字、古今字，一仍其舊。凡底本中的俗字，一般情況下統一爲規範字；易致歧義的，則保留原字。底本中明顯的版刻錯訛字，參考其他版本徑改而不出校記。底本中的避諱字，於首見處據古本回改，並出校記；餘皆徑改，不再出校記。

序

胡鳳丹

詩以言志者也，志趣不高，其詩必墮凡近；詩又本性情者也，性情不沖澹蕭散，其詩必多矜氣少坦懷。故觀其志之所存，與其性情之所發，而其詩可知，即其人之品亦因以定。吾郡金德原先生，生值元季，師友皆極一時之選，甚有時譽矣，而少無宦情，遁跡邱園，雖見知於虞學士、柳待制，交相推薦，皆辭不就。逮入明初，復堅拒州郡辟命，教授鄉里以終。余高先生之爲人，求其遺集，頻年不獲。今季七月，得孫琴西方伯遜學齋所藏抄本，忻喜無量。伏而讀之，其詩模範山水，陶冶性靈，亭亭物表，矯矯霞外。非夫志趣超曠、性情閒適、有得於中、無營於外者，烏能詣此。《四庫書目》稱其品格在江湖詩以上，亮哉！爰亟繡梓，以永其傳。遜學齋本從其初姓，題曰劉涓撰，今仍依書目著録，易劉爲金云。

光緒二年丙子冬十月，郡後學胡鳳丹月樵甫識於鄂垣之退補齋

青村遺稿序

金堡

青村翁生勝國之末，當高皇帝龍飛江左，其同學宋文憲、王忠文輩，皆以才望聯翩並進，爲開國羽儀。翁獨夷然不屑，屢違徵辟，高卧烟霞，絶無貢禹彈冠之慕，蓋所謂確乎不拔者，非耶？惜其著述散佚，僅得遺詩什一於千百之餘。氣清深而格醇正，使讀之者挹其流芬，猶足廉貪夫、立懦志，信真儒之作，不徒矜聲律於風雲月露間也。嗟乎！士君子立身，貴特立耳，意有所不可，則雖加以邦有道貧且賤焉之恥而不顧。彼奔走富貴，借口於聖人之一説，以自便其私者，甯不顙有餘泚哉。是集行，則天下咸識先民矩度，於今日營競場中，下一帖清涼飲子，不獨有功於翁，抑可謂有功於名教矣。堡幸託族屬，仰止高風，奉以周旋，庶幾不敢爲苟且功名之事，所賴裨益良多。而吾宗羣從，學有淵源，無貽失墜，以光大先人德業者，尤願交相勖焉。若徒借以資筆墨，供吟嘯而已，則失之遠矣。

崇禎癸未九秋，賜進士出身、前知臨清州事、武陵族子堡頓首謹敘

青村先生小傳

浦江　鄭柏

金涓，字德原，義烏人，受經於許謙，學文於黄溍，淹貫經傳，卓識過人，隱居青村，學者稱爲青村先生。州郡薦辟，輒懇辭，謝曰：「犧尊青黄，豈木所願耶？吾髮已種種，焉能驅馳簪組之間哉！」日遊詠乎山水，以終其身。

贊曰：柏觀朱太史記青村隱居，稱涓爲安貞肥遯之士。考其德而求其行，信足有徵焉。

右見《金華賢達傳》

祭青村先生文

王可宗

嗚呼！先生生於皇明盛世，家道昌隆，既富且庶。當其伯仲一掌於金穀，唯先生向學，乃專心而致志。歲寒亭上，立雪已深；白雲軒外，春風和氣。斯時同門者百數十人，獨先生稱爲入室高弟。先生自少有志於濟貧恤孤，遠邇饑寒賴先生而活者，不可數計。先生之配，雙失其明，衆勸再聘，而先生酷以前定，而心不少二。此皆先生大異於世人，而世人莫能窺先生之涯際。先生自爲童子時，出語，長老悉已驚悸；既長，學乎六經，其文章簡古而純粹。毅然不仕，隱於青村，以避名勢。借使用之於朝廷，必作爲雅頌歌咏皇明之功義；薦之清廟，必上追商周魯頌之隆治。奈何終不出，而立後學之標幟。先生之子若孫，亦嘗爲顯官，而先生弗克享其禄而傾逝。

可宗蚤歲亦執經而造講席，賴先生口授聖賢之遺意。今者宦轍四方，職乃充於卑位。先生没廿有餘載，未嘗不感時懷思，而汪然殞涕。

尚饗！

門人王可宗

青村遺稿後序

黄端

金别駕儒元先生，忘其年而交於予，於兹餘二十年矣。嘗謂予曰：「吾與子通家之好也，吾先世青村先生，從子先世文獻公遊最久，惜乎其所爲詩文多散落，吾於先世舊隱處及舊交遊家搜訪，僅得一二。」言之若戚然有遺憾焉者。因出示予，予讀之，見其俊拔而清和，淵深而嚴慎，宛然先世家法也，相與慨嘆久之。

後數年，爲正德辛巳，予應貢上京，恭遇今上皇帝入繼大統，萬幾暇，廷賜試事竣，分南北人入監，予轉，而别駕公之子孔殷已在監半載矣。出入與之俱。及撥歷冬官部事，又同焉，相與甚洽。予亦不知吾年之長於孔殷也。一旦謂予曰：「吾先世所遺詩文若干篇首，恨不多，將梓之以壽其傳，可乎？」予曰：「可。奚有於是？譬之玉焉，所積嘗累櫝矣，歲久淪逸，存者不一二，得之亦足爲寶，況可因此以知其他玉之皆良。奚有於是！」孔殷於是繕寫成帙，請予文以序。

予先世薨時，襄後事，裒集遺文，爲之請於官，以建祠宇而紀之，〔一〕青村先生輒與焉，則其生事吾先世可知矣。此予所願欲酬焉而未能者也。今其後世以文來請，予惡忍辭？予惟斯稿之散之藏之，晦百數十年後，卒有賴於别駕父子而聚而傳而顯，是固有時，而别駕父子之賢，亦不可掩矣。使别駕父子之後，代有别駕父子者出，則斯稿之傳，甯有窮乎？

抑予於斯有感焉。予與别駕父子之先世爲師生，而予又與别駕父子爲今日之交；予之後亦有能於斯帙之後綴一辭，以不忘其所謂通家之好者耶？

旹嘉靖三年七月，同里黄端寓留都序

〔一〕「紀」，清鈔本作「祀」。

青村遺稿跋〔一〕

黄宗明

青村先生遺稿一卷，序一首，詩若干首。宗明獲讀於南曹胡子秀夫家，〔二〕見其寄興高遠，衛道真切，言若不經意，而實有關於彝倫風化，心竊愛之。惜去世既遠，後人傳閲者，又皆手相謄録，多所訛謬，況又有不存而傳者哉。雖然，先生所立之大，則固不以文辭存不存爲加損也。

先生生於國家代元之際，隱居終身，不受州府徵辟。太史宋公與之同學，嘗稱「其爲己功深，不事表襮，惟濂知之」之語，則先生所以自得而不願乎外者，又非後學所易窺也。先生學於許文懿公，文懿得於文安金公，文安得於文憲王公，文憲得於

〔一〕本篇清鈔本題作「跋青村遺稿」。
〔二〕「家」，清鈔本作「處」。

文定何公，文定則親承文公高弟黄文肅公之傳，而爲金華朱學世嫡云。

譽欬僅存，慨仰之餘，因與胡子正其訛謬凡若干字，歸諸先生幾代孫太學生江以梓傳焉。

嘉靖三年仲秋中澣，後學四明黄宗明書

青村遺稿書後〔一〕

金　江

昔李翺云：「先祖有美而不知，不明也；知而不傳，不仁也。」江竊爲此懼。江惟先世青村府君，從白雲許先生遊，稱爲入室高弟，議者以爲承王、何、金、許四子之傳，上續勉齋黄氏，爲朱學世嫡。既而及文獻黄公門，見而奇之，嘗曰：「予益友也。」若吴立夫、宋景濂、王子充、朱伯清、傅國章輩爲之友，恒雅敬之。當胡元時，虞公集、柳公貫交章薦之。迨及我朝，州郡屢辟，輒懇辭，隱居青村，教授著述自娱，以終其身。所著有文集四十卷，有《湖西集》，有《青村集》，總凡若干卷。惜屢經兵燹之餘，散逸莫存。家君於青村舊隱處，搜獲詩數十首，及楊氏、陳氏譜所録，克全叔祖口授者，共得詩五十五首，撿舊券中得文一首，類編成帙，字甚訛謬。南曹

〔一〕本篇清鈔本題作「書青村遺稿後」。

秋官正郎王誠甫、副郎胡秀夫相與正其訛謬凡若干字，兼惠文以備紀其顛末。

噫！百餘年來，人徒知重府君之名，而不及其所作。幸而遺稿僅存，俾不壽諸梓，以永其傳，則後世無聞，將並其文而泯矣。不明不仁之罪，其將焉逃！遂書刻於南雍號舍。及歸，又承儒儀叔、孔安兄來詩九十七首，以續於後，第恨第數小，不成卷帙。或曰：「奚有於是？如璞玉既毀，拾其屑者，猶可以爲世寶，而況所以集先生如是。幸得攷見緒餘，固亦足以槩知先生所得之深矣。」江不敏，非知詩文者也，知寶先祖之遺而已矣。

先正宋潛谿有曰：「先生爲己功深，不自表襮，唯濂知之爲獨至。」又曰：「先生氣雄而言腴，發爲文章，尤雅健有奇氣，不但長於詩而已。」夫觀宋公所與，則所以昭先府君者，予之不敢溢美也，可知矣。

旹嘉靖四年夏六月十六日𡡾孫江謹誌於後

序

送楊仲章歸東陽詩卷序

楊君仲章以清峻修敏之質，好學不倦，窮討六籍，雖晚登先師黃文獻公之門，而强記卓識，邁倫逸等，一時學者咸推先登。宋君景濂每稱之曰能，而先師亦自謂不意晚年復得此友。如涓者，愚弗能砭，頑弗能訂，安敢望其末光也哉？

重自念四方士人登先師之門者，無有不立名成業。涓自幼年侍側時，則有陳君時甫、吴君立夫、李君仲倫、朱君元達，朝夕講論文字，辨析義理，涓未始或能識知也。既而時甫居東陽，以明經授徒，常數十百人，弟子不遠百里而至。〔一〕其高第弟子則有張君良金，爲江浙鄉舉《易》魁，凡爲舉子之業者，無不宗焉；立夫以庚申歲中鄉試榜；仲倫以茂才異等用大臣薦爲校官；惟元達豪俠不羈，邈視進取，以學問文章同遊浙西者三十餘年，雖虞、柳諸公薦書交上，亦睥睨弗顧也。後數年，先師提舉江浙儒學時，則有劉君子實、哲君子正、應君之邵、陳君子中，肄業西湖書院。劉、哲二君皆登上第；應則兩中鄉舉榜；陳回河南授試，主司見其文，反疑其爲南人代筆之作，由是失利而返，則抑鬱不得志，卒於錢塘，先師銘其墓焉。迨夫先師告老致事而歸，則有宋君景濂、許君存仁、王君子充，以英敏絶人之學一時咸集，文名德業超出前輩，今則皆居要路，密邇清光，所謂立名成業，真足以承前引後，嗚呼盛哉！

夫何朱君伯清、傅君國章與吾仲章氏，皆以妙年傑學，才器局幹，以出入乎諸公之間，〔二〕逐逐焉不以印組爲務，忒忒焉不以文章自高。晦光隱德，逸志抗雲，迴出人

〔一〕「百」，清鈔本同，《四庫》本作「千」。
〔二〕「公」，清鈔本同，《四庫》本作「君」。

表。比辟書及門，伯清以居制不出，國章以母老懇辭，仲章則先事適機以自潛。時知縣胡公子實方興學校以導民，奉幣致請仲章爲弟子師，迎焉以備其敬，館焉以具其禮，無幾何致辭而歸，咸贈之以詩。去則隱于東陽南溪之濱，閉門絶客，束書問農，文不留稿，詩不贈人，與涓不相聞問者寥寥四五載矣。

今其季仲齊授徒法興精舍，涓適見此卷，慨後生之可畏，嗟良覿之難逢，痛念先師之不可復作矣。因撫卷興思。先師以晚年得此友爲喜，而涓亦以晚年得友斯人爲奇，則先師道業之傳，宗而主之者有其人，予復何憂！遂並敘此意于卷端，以寓夫久要不忘之意云。仲章見之，其必有以知我屬望之深意也。

詩

七言古風〔一〕

和吴正傳五臺懷古韻

姑蘇臺

闔閭城畔姑蘇臺，百花洲上千花開。笙歌半空曉未絶，一聲落月啼烏來。蛾眉蠹

〔一〕「古風」，《四庫》本作「古詩」。

翠愁如簇，空捧春嬌在心曲。滄江羅網縱鯨鯢，碧瓦丘墟走麋鹿。〔一〕悽烟慘日潮生處，怨滿鴟夷猶不悟。甬東東海不可棲，劍光夜冷吴山路。

章華臺

楚臺雲棟連天宇，〔二〕伯氣憑陵横九土。〔三〕方會諸侯求鼎時，天下無周而有楚。一朝吴蔡兵合謀，孤舟江路誰從遊？宫花曉露細腰泣，空山落日餓鬼愁。春風過眼秋蕭瑟，餶人一飯那能得？道傍塊土棲草烟，夜寒夢落空臺前。

〔一〕「丘」原爲「坵」，清代避孔子名「丘」諱改。

〔二〕「雲」，清鈔本作「靈」。

〔三〕「横」，原作「槿」，清鈔本、《元詩選》同，非義，兹據《四庫》本、《崇儒金氏宗譜》（乾隆五十四年本）改；「横」與上句「連」皆爲動詞。

朝陽臺

楚王昔日遊臺上，前望巫峰近相向。青楓錦石薮古祠，暮雨朝雲依疊嶂。蔓花古木多春寒，翠幃仙佩非人間。神功治水佐禹跡，至今石刻巍如山。詞臣錯寫《高唐賦》，剛道朝雲夢中遇。千尺黄湍洗不清，水聲猶望臺前怒。

黄金臺

昭王有志興宗社，厚幣卑辭禮賢者。郭君一語捐千金，國士争趨駢駟馬。燕臺計議皆英豪，齊人蹴踏猶兒曹。三軍旗幟白日動，半空劍氣青雲高。樂生既去士亦少，回首春風長芳草。火牛遂復七十城，恨滿臺荒天地老。

戲馬臺

將軍逐馬關中來，神威掠地風雲摧。鴻門舞劍成敵國，彭城衣錦空登臺。〔一〕馳下漢軍何披靡，垓下楚歌相應起。山河百二幾諸侯，子弟八千無一騎。古來天下誰英雄？荒臺老樹悲秋風。符命合歸赤帝子，項伯不忠范增死。

〔一〕「空登臺」，《四庫》本作「登空臺」。

五言律詩

和楊仲齊韻

光明清絶地，〔一〕物色藉詩描。野鼠拱虚穴，山蜂歸早朝。閑庭飜芍藥，枯木引陵苕。鼻觀香風入，〔二〕移時獨未消。

〔一〕「光明清絶地」，《崇儒金氏宗譜》（乾隆五十四年本）作「光輝幽絶地」。
〔二〕「觀」，清鈔本作「襯」，「鼻觀」頗不辭，似以清鈔本義長。

其二

雲嶠無榮辱，林泉得浸淫。瀑飛晴雨散，風奏曉龍吟。大葉長莖蒜，枯枝老樹林。吾行忽過此，殊喜得幽尋。

其三

渴飲空中露，饑飡石上霞。夜茶烹玉液，春酒釀松花。自謂得仙術，不知老歲華。請看梳櫛處，斑白照窗紗。

其四

溪行欲假履，雲坐不須冠。樹密一天小，樓高六月寒。袈裟憎客至，魍魎喜人看。惟有松無意，風來即奏彈。

自述

疆埸正多故，山林成久留。據鞍皆戰馬，扣角且歌牛。清德交遊冷，光明詩思浮。從今脱塵濁，自可鄙公侯。

春興

菜甲時堪摘，柴荆晝不開。鑿渠通水活，〔一〕度地覓花栽。旅食憑儒術，春愁仗酒盃。却憎塵世薄，徒爾暫徘徊。

〔一〕「活」，《四庫》本作「道」。

其二

落落相如志，悠悠王粲悲。乾坤猶甲冑，耕鑿且年時。伐木開新逕，引泉添小池。箇中非所適，排悶且裁詩。

其三

草閣成遷次，春來景物新。杖藜時野外，把釣即溪濱。夜雨桑麻足，東風草木匀。關河阻南北，何處問通津。

秋夜

四望秋無際，凭闌夜未央。星榆晴舞葉，月桂冷飛香。人澹琴心苦，林幽鶴夢長。此情當此夕，誰肯賞淒涼。

山莊

青村溪盡處，林密隱孤莊。石老莓苔路，門荒薜荔墻。人行秋葉滑，鶴立晚松涼。治畝農歸後，蓑衣挂夕陽。

江村

寂寂江村路，輕烟晚自生。遠峰晴見色，〔一〕獨樹煖無聲。渚鷺行看水，溪魚賣入城。孤舟人不渡，兩岸夕陽明。

〔一〕「見」，《元詩選》本作「有」。

錢塘行在

鳳舞龍飛處，寒烟半野蒿。地卑東海近，天遠北辰高。來往春秋燕，盈虛日夜潮。老僧年八十，對客話前朝。

伍員廟

東出昭關日，倉皇去路遥。漁人憐贈劍，市吏識吹簫。楚郢鞭荒墓，吴江起怒潮。因思臣子節，千古一魂消。

舟次漁浦

雙溪東入浙，終日坐危舟。流水遠明目，小篷低壓頭。烟村鴉入暮，江國鴈賓秋。一片淒涼景，安排獨客愁？

浙江曉渡

片帆風力飽，涼氣碧颼颼。江闊欲沈鴈，天空惟見秋。漁歌聞四起，人影在中流。隔望秦峰出，東南第一洲。〔一〕

舟次嚴灘

八月桐江曲，青蘋未著花。亂雲低壓樹，細水淺流沙。到郭無多路，依山有幾家。故人成遠別，相望各天涯。

〔一〕「洲」，原作「州」，茲據清鈔本、《四庫》本、《元詩選》本改。

雨後書懷

畏俗久不出，其如此意何？鬢毛詩白盡，山色雨青多。曲偃行蛇草，圓生浴鳥波。與誰專一壑？同和採芝歌。

康湖山居

康湖環十里，半世樂吟身。白屋居寒士，青山是故人。松多天不暑，瀑近地無塵。頗得漁樵趣，生涯日又新。

送人回剡

華川遊未遍，又作剡中游。詩海珊瑚月，書田苜蓿秋。行山時借屐，訪雪夜乘舟。別後懷人處，清風獨倚樓。

別徐處士歸嚴州

浙水連天白，輕帆帶雨飛。榻懸高士去，釣在故人歸。秋盡鴈初過，江空魚正肥。君如招伴隱，我正欲相依。

別友人歸衢

爛柯山下路，猿鳥待多時。今伴少微隱，何愁太史知？葛陂龍化早，遼海鶴歸遲。爲問山中叟，如今幾局棋？

送友曉發赴北

荒雞三唱後，河漢正西流。太白孤星曉，中華大野秋。樹低江郭遠，風急草烟收。此去金臺上，觀光樂勝遊。

客中與里人言别

同是婺中人，情親若弟兄。客邊今識面，詩上已聞名。驛柳分春遠，山花照晚明。相逢即相别，流水幾多情？

旅懷

江湖爲客久，歸計與誰論？春色草無路，雨聲人閉門。薄衣知酒煖，病眼覺燈昏。[一]蜀水家邊景，連宵役夢魂。

江樓有見

睡起無忙事，寒多不下樓。櫓聲和鴈去，江影照人愁。山碧雲初曉，[二]林紅葉正秋。琴書無恙否？我欲問歸舟。

山園即事

暖日麗亭臺，山屏四面開。與誰行樂去？有客伴吟來。鳳舞摩娑竹，龍蟠屹崛梅。春風似相識，終日共徘徊。

〔一〕「病眼」，清鈔本、《四庫》本作「眼病」；按「病眼」與上句「薄衣」儷偶，較佳。
〔二〕「雲」，原作「人」，清鈔本、《四庫》本、《元詩選》本作「雲」，「雲」與「葉」相對，較佳，據改。

自述

索居三十載，一硯鋏穿磨。學淺非時用，人生奈老何？竹房來暝早，花塢聚春多。靜坐無餘事，門前水自波。

次楊仲齊韻

端坐無時事，春秋讀聖經。逐風驚退鷁，隕石看飛星。自謂心將憒，何期眼倍青？獲麟應絶筆，三歎動虚靈。

其二

空谷開雲葉，清池曳水衣。堦苔掃不盡，山果摘還稀。長嘯妨僧定，徐行看月輝。獼猴庭下過，擾亂静中機。

其三

書巢何所有？香縷散紛紜。明月將梅到，虚樓看夜分。僧歸驚卧犬，錫落破層雲。語及外間事，令人不敢聞。

村居

荒草無行路，人家隔小溪。雨多嵐氣重，石少水聲低。病鶴依松立，寒雞傍砌啼。近來渾懶動，静處欲幽栖。

對客

對客談清話，相忘酒一壺。吟腸傾太白，醉頷岸輕烏。午飣新虀韭，秋廚活膾鱸。明朝重有約，一笑過康湖。

亂中自述

汩汩兵猶競，淒淒興莫賒。嬌兒將學語，稚子慣烹茶。亂後添新鬼，春歸發舊花。十年湖海志，羈思滿天涯。

其二

幽居隣水竹，避地獨柴門。白日琴書浄，春風燕雀喧。看山憑矮屐，適興任芳樽。天地軍麾滿，詩成自朗吟。

其三

園林春已半，茅屋日初長。水動魚兒出，花飛燕子忙。看雲閑坐石，把酒溼征裳。落落當年恨，高歌竟欲狂。

其四

春夢猶爲客，題詩發興清。風帘茅店酒，晴日柳橋鶯。親老頻歸覲，時危未息兵。况來招隱計，擬問鹿門行。

蜀墅頭

溪頭自舒散，天澹夕陽微。拂石松邊坐，看雲水上飛。舊磯雙鷺下，小棹一漁歸。不覺吟成久，苔痕溼上衣。

雲門道中

三月山南路，村村叫杜鵑。白雲千嶂曉，斜月一溪烟。水冷長松井，春香小薺田。何時移別業？來往繡湖邊。

秋夜有感

苦吟人不寐，中夜啓幽扉。〔一〕明月霜初下，西風葉正稀。家貧豚有子，天冷客無衣。感事忽如夢，孤螢入我幃。

暮秋懷歸

西風三徑菊，秋晚正花開。家遠書難寄，天寒鴈未來。青山如舊識，白眼妬奇才。遥憶浯溪路，年年長緑苔。

〔一〕「啓」，原作「起」，清鈔本、《四庫》本作「啓」，義長，兹據改。

七言律詩

用仲敬先生折桂韻

金印懸腰不用黄，丹溪垂釣亦何傷。舟移鷺點青山破，笛弄梅飄白雪香。月裏版圖窺窄窄，望中鴻鵠去茫茫。蕭曹不是逢隆準，未必姓名千載芳。

夜宿青陂

爲愛青陂甚蕭洒，二三杖屨樂徘徊。道人櫂雪今何在？野老牽衣不放回。别塢犬聲風送至，誰家梅影月偷來。卜隣若許成茅屋，日種芝蘭千百栽。

用前韻復春谷道人

春谷無塵宜笑傲，蜀山有路可徘徊。蛟龍得雨猶翻卧，〔一〕鵰鶚横秋又早回。放艇幾同漁父去，看棊時許野樵來。洞前更約東風轉，仙李碧桃隨意栽。

用楊仲章兵字廬字韻

林森劍戟立天兵，不礙琴書嘉遯情。李愿釣鮮情自逸，謝安補屐興何清！岩房罷磬銷香篆，石壁題詩紀姓名。我欲相從無羽翼，秋風雞黍約佳盟。

〔一〕「猶翻卧」，清鈔本、《四庫》本作「翻猶卧」。

其二

不向人間結草廬，任他城市務贏餘。飽飡薇蕨泉中水，過眼牙籤架上書。嵐氣著牕雲影過，鐘聲入夢曙光初。高居自與禪機會，何害門稀長者車？

山行

望望峰巒紫翠凝，杖藜補屐謾登登。樵歌谷静聲相答，雨霽林香氣欲蒸。行樂可無詩似錦，從容那用酒如澠。何當擺脱塵中慮，許我移家共作朋。

寄許存仁存禮

金華有客負材豐，搜抉神奇奪化工。愛酒何殊陶栗里，隱居真似陸龜蒙。欲知晴日鶯花處，盡入新詩品藻中。江漢夕烽然未息，莫將心事較窮通。

其二

年來無事學休糧，蜀墅溪頭有草堂。幾度瞻雲思棣蕚，清宵看月坐藤床。侵晨處士烟霞疾，慙愧才人錦繡腸。樗散聲名甘寂寞，從教詩句只尋常。

寄友人宋邦彦

故人別後見尤難，彼此詩盟尚未寒。寧暇對床論契闊，謾勞折簡報平安。春山裂竹愁如海，流水落花紅滿灘。九十春光都過了，諸君何以罄交懽？

寄胡希顏

伐木有詩誰善賦，嚶嚶喚起遠相求。白沙翠竹一村曉，錦樹黄花滿野秋。雪夜艱難呼檜楫，晴風容易下書樓。獨憐浩浩多真樂，不似棲棲藴積憂。

重遊光明寺

梵王宫闕倚崔嵬，積翠繽紛圖畫開。啼鳥避人穿樹去，老僧迎客下山來。裁詩石逕書青竹，〔一〕散髮雲林卧緑苔。自識箇中幽興熟，杖藜何惜重徘徊。

〔一〕「詩」，原作「書」，字複，兹據清鈔本、《四庫》本、《元詩選》本改。

送李子威之金陵

金陵自古帝王州，策馬飄然作勝遊。一代衣冠新禮樂，六朝文物昔風流。此時送別詩盈軸，何處相思月滿樓？若見潛溪宋夫子，勿云江漢有扁舟。

秋興

搖落頻驚節序催，亂離懷復向誰開？江山滾滾紅塵暗，霜露凄凄白鴈來。雄劍醉提時慷慨，矮衣屢舞起徘徊。近聞幕府徵豪傑，當代誰爲濟世才？

題楊伯容竹居

最愛君家竹居好，秋花錦石相新鮮。窗前讀《易》無俗子，林下置酒多才賢。賓鴨畫焚香滿室，銕笛夜吹聲在天。安得卜隣近左右，與君日日談詩篇。

送楊仲齊之武川訓導

聞道琴書行有日，臨歧送别意何如？〔一〕蒲萄酒美盃初泛，楊柳條新葉未舒。春入杏壇朝鼓瑟，雨餘芹泮水生魚。定知别後遥相憶，毋惜頻頻遠寄書。

春暮客中述懷

幽窗寂寂問音疎，牢落干戈且讀書。芳草王孫歸未得，青春客子意何如？花殘樹底園收果，水落溪頭人買魚。爲問紛紛當路者，飛騰還肯顧蟾蜍。

〔一〕「歧」，《四庫》本作「岐」。

會胡原道馮原輔溪飲

溪流一曲石爲城，中有廻瀾分外清。金盞縈紆天上泛，玉盤宛轉鏡中行。日高松影侵衣碎，風綻楊花落帽輕。我輩固知文字飲，鳳笙龍管向誰鳴？

野步有感寄城中黄上舍〔一〕

新晴野步踏青暉，萬緑枝頭可染衣。流水小橋通野澗，斜風飛絮點苔磯。春歸別駕憑誰管？儒負虚名與願違。惆悵年華更迭易，達人何事不知機！

〔一〕「野步有感」下清鈔本和《四庫》本有「書」字。

喜雨寄楊伯容

江城曉夜雨浪浪，併作芳齋六月涼。倚杖出門田父樂，題詩呼酒野人狂。〔一〕不愁戰地多兵甲，遂喜豐年足稻粱。問訊草玄亭上客，竹林疎簟夢秋光。

秋暮會楊仲章

短褐淒涼淹別館，〔二〕故人一見話綢繆。溪頭水落魚龍夜，塞北雲深鼓角秋。爛醉豈知猶是酒，相逢誰爲不封侯？江湖明日重分手，滿眼西風獨倚樓。

〔一〕「呼」，原誤作「乎」，據清鈔本、《四庫》本、《元詩選》本改。

〔二〕「短」，清鈔本、《四庫》本作「矮」，似誤。

贈術士呂公

短褐垂綸已十載，柴扉篳竇即湖邊。年來出處常存道，身外功名懶問天。造次可無詩入聖，相逢還有酒爲賢。虎頭燕頷君休論，好向山陰買釣船。

自嘆

雀聲催我過湖西，日暮歸來看藥畦。耄老不思安樂土，問人何處託幽棲？〔一〕白雲出岫心何在？仙鶴離巢樹欠低。攜取琴書便歸去，奚須更待杜鵑啼。〔二〕

〔一〕「問」，清鈔本作「閒」。

〔二〕「須」，《四庫》本作「煩」。

贈陳仲玉本學教諭致仕

聽雨芹池二十年，如何一旦捲青氊？陡令猿鶴生秋怨，高枕琴書且晝眠。詩爲懶題閑木筆，飯因不足羨苔錢。石田茆屋華川曲，從此挑燈繡佛前。

清德晚歸

酒留詩戀意遲遲，回到中途已落暉。小蹇引秋行落葉，老漁隈冷坐危磯。山間明月隨人出，松外閑雲伴鶴歸。試問夜深何處宿？欲從山下扣禪扉。

方學士招飲不赴

我在林間鹿與群，君爲天上玉麒麟。莫將綵樹燈前酒，來醉梅花月下人。白屋不生三閣夢，青山那識五陵春。行吟每到看松處，自有漁樵作主賓。

小齋

世道非時懶屈人，小齋容膝且安貧。河圖不出空歌鳳，魯史將終遇獲麟。雲掩松窗低結暝，水行花徑曲流春。近來頗得幽間趣，〔一〕幾夜青山入夢頻。

秋江話別

別酒相傾別淚流，江流亦不爲君留。片帆今夜人何處？明月滿天誰共樓？一鴈叫霜紅入葉，十年爲客白侵頭。莫嫌歸計多蕭索，三徑西風菊正秋。

〔一〕「間」，清鈔本作「閑」。

送楊學諭還浦江

萍迹相逢又一年，小樓情味共淒然。半窗燈影看書坐，四壁秋聲聽雨眠。浦汭暮雲迷去鴈，樵溪春水憶歸船。重遊莫負華川約，〔一〕須趁梅花早著鞭。

贈王隱君叔誠〔二〕

投老江湖作隱君，鳳來龍去絶無聞。孤山梅近閒吟月，九里松深穩卧雲。書屋幾番留鶴守，釣磯一半與鷗分。摛文染藻風流處，可似蘭亭王右軍？

〔一〕「華川」即繡湖别稱，爲義烏名勝。《贈陳仲玉本學教諭致仕》有「石田茆屋華川曲」，《繡湖重遊》有「華川望斷意都迷」，王禕《春日繡湖上與德原同行》有「十里華川上」，「華川」所指皆同。

〔二〕詩題《崇儒金氏宗譜》（乾隆五十四年本）作「贈王叔誠隱君」。

送張學諭歸三衢

穩泛靈槎訪斗牛，未容歸伴赤松遊。蓴鱸此去無千里，雞黍相期在幾秋？瀫水月寒梅入夢，繡湖烟澹柳分愁。春風莫問田園計，須趁功名在黑頭。

金華史學録回永嘉鴈蕩

青衫洗盡泮宫塵，三載琴書又問津。海闊正憐鴻去遠，山深須遣鴈來頻。沈郎風月詩俱瘦，謝老池塘草自春。莫笑廣文官獨冷，長安一日看花人。

寄王照磨季畊

底事鄉心憶鏡湖，一朝歸去伴樵漁。傳家尚喜貧存硯，教子尤勤老著書。静裏有時觀水坐，閑來何處買山居。門墻桃李應如舊，添得春風柳五株。

贈星命周雲峰

元是濂溪别一峰，蒼寒高卓五雲中。中藏月窟無人到，試躡天根有路通。絶頂陰晴分上下，半空星斗繞西東。我來欲問玄玄理，〔一〕吹起扶摇九萬風。

送金華應學録回天台

華髮青衫寂寞官，泮芹香暖客氊寒。仙源久憶胡麻飯，書館羞餐苜蓿盤。洞裏碧桃春自醉，樓前明月夜誰看？好風若有西來便，願寫相思寄彩鸞。

〔一〕「玄玄」，兩字原缺最後一筆，《四庫》本作「元元」，避清康熙帝玄燁諱。

送東陽杜僉憲之河南號尺五翁

玉堂學士草堂仙，濟世英才間世賢。憂國正操言事筆，移官又買載書船。風摶渤澥三千水，雲擁蓬萊尺五天。更到鳳池春好處，紫薇香煖御爐烟。

悼開元洞天沈羽士

隔世仙靈不可招，柳烟愁鎖赤闌橋。蒼蛟有血遺金劍，丹鳳無音卧玉簫。洞冷石壚雲氣溼，樹枯雷剥火文焦。舊時風月今何在？空見芳園長藥苗。

三訪僧潛谷不遇有詩謝予就韻以答

槁木心形大雅姿，我求相見語襟期。〔一〕三生石上尋盟久，一片雲間識面遲。梅下有童空放鶴，屋邊無竹可留詩。因知雪夜人回棹，豈是無心顧少微。

送僧歸天竺

錫影孤飛下十峰，定知分住翠芙蓉。巖雲曉伏參禪虎，溪雨晴收入鉢龍。香洗供花吟對月，清浮談麈坐依松。我來欲遂林泉約，金碧樓臺第幾重？

〔一〕「語」，清鈔本、《四庫》本作「話」。

送楊志仁之浙西僉憲

玉骨秋神銕石心，風流如此世無群。乾坤千古有清氣，河嶽一時生白雲。蚌腹月明珠迸彩，鳳毛春煖錦成文。此行別有調羹信，湖上梅花爲報君。

雪霽偶作

無事身閑睡起遲，開門天霽已多時。村醪待熱未紅火，野客忍寒先白詩。冰照梅花微有影，雪摧松樹半無枝。笑呼稚子隣家問，昨夜魚歸未賣誰？

自述

獨倚層樓眼界寬，天風吹溼到闌干。驚人好句愁中得，濟世方書病後看。庭樹雪崩時一響，瓶花凍合夜多寒。江南景物今凋弊，誰想蒼生望治安？

分韻得春字

分得新題賦未成，暖風香散玉爐塵。樓臺無月不宜夜，天地有梅先得春。世路近年難獨客，好山隨處著閑人。何如寄傲南窗下，學戴淵明漉酒巾。

夜泊蘭江

江山歷朗雪初融，坐見宵分落碧空。〔一〕世景固知光霽少，人生多在别離中。影隨月下成三友，春到梅邊第一風。此夕此情聊復醉，馬蹄明日又西東。

〔一〕「落碧」，《四庫》本、《元詩選》本均作「碧落」，似以「碧落」義長，「碧落」指天空。

秋日山中

不記秋風幾日晴，偶來林下見雲生。野梧半脱無多影，山雉驚飛忽一聲。短錫引船僧渡水，小輿聯擔客歸城。溪頭聽得漁翁説，近日前村酒價平。

秋日客中

久客歸來静閉門，秋風落葉自紛紛。夜來一煖作成雨，早起滿溪流出雲。山色祇宜閑裏看，鴈聲那可客邊聞。黄花開遍歸無計，吟老秋光又幾分。

富陽舟中

終日推篷對酒盃，漁郎隔浦棹歌回。路傍古屋無人住，山下疎梅獨自開。幾處汀洲分鴈下，滿江風雨送潮來。白頭篙叟休相促，明日天晴上釣臺。

城中歸志喜

城郭多時得一歸，小園幽館雅相宜。種荷池暝便鷗睡，儲粟瓶空慮鶴饑。兩屐苔痕人立處，一軒秋影月來時。静中自得其中理，此意無人會得知。

曉發金華

一帶寒林古木齊，濛濛山色亂雲迷。沿村問酒難尋店，隔岸呼舟欲渡溪。夜雨草深蛙鼓鬧，曉風花落子規啼。可憐客路多岑寂，何處垂楊駐馬蹄？

村舍

幾村桑柘遠相連，村北村南小渡船。茅屋有緣臨水住，閑身無事看山眠。孤林欲暮鴉争樹，一雨及時人種田。昨夜隣翁喜相報，今年依舊是豐年。

山莊值歲暮

坐久那能笑口開，篆煙燒盡石爐灰。山廚度臘貧無肉，茅屋逢春富有梅。凍鳥縮身依雪立，饑驢直耳望人來。牕前更展《離騷》讀，消得茶甌當酒盃。

客中寄丁景行

半生書劍惜分陰，誰想飄零素髮侵。朋社有盟鷗聚散，客鄉無信鴈浮沈。潮回斷岸沙痕淺，月落幽池樹影深。歸計未成愁入夢，一燈空伴壁間琴。

春日過繡湖

湖上晴光麗物華，行行幽興浩無涯。林頭新店去沽酒，門外小盆來賣花。天氣可非三令節，春風多在五侯家。茅菴兀坐無餘事，静看遊蜂報午衙。

喜林達民至

相交十載不相疏，只數能詩一老逋。曲徑不緣花落掃，清尊端爲客來沽。剪將春韭露華溼，吟到寒梅月影孤。對飲不妨拚爛熳，務求鄉誼重如初。

林下答王仲實韻

林下黄茅屋數椽，門前流水一漁船。酒懷近日頻中聖，詩骨何時可換仙？生計喜添供鶴料，閑身幸結住山緣。客來不話功名事，且誦莊生第一篇。

西湖偶作

見説西湖多勝事，六橋景物似當年。風前楊柳株株活，雪後梅花樹樹鮮。隔岸飛帘人賣酒，臨堤擂鼓客遊船。幾時遂我窮行樂，載道煙塵祇自憐。

泊釣臺

釣臺聳插大江頭，臺下悠悠水自流。交友端居尊黼服，先生高尚只羊裘。空山落日哀猿嘯，斷岸西風古木稠。極目登樓頻悵望，白雲飛盡碧天秋。

客中風雨述懷

溪南連日雨昏昏，客况難禁不出門。山岳陰風靈氣伏，江湖秋水怒濤奔。乘槎久待無邊使，憂國徒懷奉至尊。自起高歌看寶劍，大哉吾道許誰論？

其二

謀生自嘆一何愚，彈鋏高歌志强舒。江海故人楊得意，風塵多病馬相如。買山何處堪歸隱？爲客經年廢讀書。溪上娛晴新雨後，且須沽酒慰躊躕。

望天台

日光紅處是天台，萬壑千峰紫翠開。滄海波濤時洶湧，瓊樓石室自崔嵬。丹丘霞湮憑誰遣，緑水胡麻安再來？東望長歌搔短髪，秋風滿抱一登臺。

病後自吟

地僻柴門少客過，寂寥生計奈愁何？秋來得雨涼偏早，病起緣詩瘦更多。鶴立露枝黄墮葉，鷗飛煙渚翠翻荷。幾回夢入江湖棹，笑看雲山卧緑蓑。

秋興

柴扉草閣小溪頭，生理蕭然只釣舟。鼉吼江湖千里浪，雞鳴風雨五更秋。漢家事業蕭何盛，衛幕才名葛亮優。極目天涯心緒亂，婆娑窗下看魚鈎。

其二

栖栖短褐閉柴扃，〔一〕颯颯西風起洞庭。曉樹著霜千葉赤，秋蟲懸户一絲青。雲昏塞北鴻書斷，水落湖頭戰血腥。回首可憐文物異，誰能提劍發新硎。

遊佛堂

石田級級黍離離，野外招提野趣宜。山色萬重青有待，槿花一樹白無私。得時豪傑誇身健，老去飄零仰佛慈。〔二〕課罷出郊時極目，不堪人事苦吟詩。

〔一〕「矮」，《四庫》本作「短」。前《秋暮會楊仲章》有「短褐淒涼淹别館」句，《贈術士吕公》有「短褐垂綸已十載」句，以「短」字爲是，今據改。

〔二〕「仰」，《四庫》本作「仗」。

春日

今年春日殊無賴，不逐黄衫作伴遊。學道十年心似醉，懷人一别歲如流。殘山剩水塵凡隔，瘴雨蠻烟日夜浮。戰伐即今憐壯士，功成誰擬覓封侯？

繡湖重遊

繡湖八月景堪題，士女扁舟尾尾齊。白水青山圖畫裏，淡煙疎雨夕陽西。芙蓉濯濯偏臨岸，楊柳依依密護堤。滿眼浪濤終古事，華川望斷意都迷。

幽居自述

小橋流水護柴荆，門外青山適性情。太瘦却應詩思惱，多愁莫放酒盃傾。蕙蘭既植堪爲佩，松菊猶存不用名。誰識箇中真樂趣，偶來林下看雲生。

七言絶句

山齋雪夜寄王叔野

月滿中天雪滿村，一琴窗下自温存。溪頭應有人相訪，只恐扁舟不到門。

舟中

短篷摇下雨長川，山重寒雲樹重煙。篷底筆床相對坐，有人看作米家船。

秋夜

獨自歸來秋夜静，雨溼寒雲小窗暝。竹爐無火渴思茶，隔樹人家有燈影。

冬夜

獨坐夜深人讀《易》，屋外雪明如月色。松寒老鶴睡不成，飛下窗前伴人立。

春晴

曉風吹暖破陰雲，草色湖光轉緑痕。試看海棠枝上月，定將花影到重門。

寄王可宗

石鼎烹茶風繞林，小亭面水足清吟。只今酒禁嚴如許，誰信香醪更可斟。

寄彦敬

高人歸隱久投簪，日轉花陰睡正酣。階下斑衣森玉立，詩來猶説愛宜男。

遊赤松祠

枕石聽流夢未安，碧雲蘿薜古祠寒。夜深鸞鶴群仙過，人在青松月下看。

其二

桃花流水出紅塵，洞口仙凡隔幾隣。劉阮若知人世换，春風那肯問歸津。

其三

金華三洞洞中天，今日來遊信有緣。丹井水寒瑶草碧，白雲猶伴石羊眠。

其四

琳宫玉宇鎖崔嵬，絶頂松窗對月開。昨夜仙翁騎鶴去，五雲深處採芝回。

村園

半畝村園接水涯，誅茅新搆小書齋。窗前不用栽花柳，只對青山景自佳。

春曉偶成

清晨睡起覺衣單，亭館東風怕倚闌。一夜好風吹作恨，〔一〕梨花寂寞雨鳩寒。

題可宗壁間墨梅

澤癯山蹬月明中，筆底精神擅化工。老榦疎花生意在，紛紛開謝任東風。

〔一〕「風」，《四庫》本、《元詩選》本均作「春」。

春愁

一春多爲惜春愁，無奈鵑聲叫不休。最是惡懷難著處，落花風雨五更頭。

幽興

回首紅塵已息機，雲山應不負心期。晚來散步清溪上，策杖長歌覓紫芝。

其二

幽居無事總忘形，草緑柴扉晝不扃。柏子香消清晝永，閒憑棐几寫黄庭。

其三

芳草池塘夢惠連，臨風得句忽清圓。年來每愧天才短，袖裏應無筆似椽。

其四

閉門不出動十日，雨後憑闌眼倍明。萬樹飛花將欲盡，一池春水漲浮萍。

其五

束書屏迹住山中，白髮蒼顔見老翁。門外黄塵深似海，一家桃李自春風。

讀《易》

至理從來無古今，後人删註轉迷沈。遺經獨抱加潛玩，始識羲文廣大心。

南窗

南窗不受北風寒，筆硯供吟對景安。最喜手扳簷外竹，雪中尤勝作花看。

題睡漁圖

拍岸驚濤喚不醒，輕鷗分夢下遥汀。緑蓑自擁蘆花月，應怪羊裘動客星。

題耕雲圖

亂石吹雲出曉溪，又隨流水到春畦。無心夢作商霖去，自在山中足一犂。

子猷乘興圖

月照梅花雪點春，小舟危坐醉中身。一時爲愛溪山去，本是無心見故人。

和靖索句圖

聳兩肩寒瘦不禁，東風獨立久沈吟。山童莫放催歸鶴，正與梅花論苦心。

美人圖

綵雲宫殿月闌干，翠袖春風倚暮寒。馬上琵琶愁未已，不須重展畫圖看。

内人燒香圖

小院鈎簾拜月明，暗將心語達微誠。妾身不願承恩重，願保君王樂太平。

趙昌海棠圖

銀燭燒殘夢未回，舊家庭院已荒苔。玉簫聲杳人何處，惟有東風燕子來。

徐熙牡丹圖

翠幄籠霞護曉寒，無人凝笑倚闌干。玉環去後千年恨，留與東風作夢看。

夏圭江天霽雪圖

小舟和雪載梅花，水氣吹寒拂鬢華。妙處人琴忘已久，不知乘興到誰家？

真妃出浴圖

玉殿春深錦隔屏，海棠凝煖雨初晴。可憐却被胡腥染，千古香魂洗不清。

真妃吹玉簫圖

此聲只許鳳凰知，誰遣豬龍耳畔吹。吹到綵雲驚散處，斷腸聲在落花枝。

團扇詞

莫恨秋風入女墻，恩情中道易淒涼。人間縱有春風樂，歌罷桃花亦斷腸。

探梅

乘興扶藜過石橋，地平不覺萬山高。庭前一樹梅花白，疑是春陰雪未消。

溪頭晚歸

野店春寒酒力微，溪雲吹溼上人衣。山童不顧肩書重，更折梅花帶雪歸。

幽興

燕子飛來近畫簷，暮春時節雨纖纖。杏花落盡無情緒，何處人家有酒帘？

范增

舞劍鴻門計不成，咸陽歸路楚愁生。子房玉斗空撞碎，奈有陳平四萬金。

蘇武

北海寒深雪滿天，胡雲漠漠漢雲連。將軍不是麒麟種，争伴羝羊十九年。

題蒲萄

漢使當年得種回，至今中國受栽培。秋風馬乳顆顆熟，正可盈缸釀緑醅。

青村遺稿附録

題金德原所藏元暉小景

黄溍

床頭書畫正縱横，忽值今朝醉眼醒。起向米家船上看，青山原是舊儀刑。〔一〕

〔一〕「舊儀刑」，《黄文獻集》（江蘇廣陵古籍刻印社影印《金華叢書》本，下同）卷二作「舊時青」；「儀刑」指儀容，義長。

次韻答德原金友〔一〕

王　禕

納納乾坤内，紛紛萬事牽。文星猶似漆，兵氣正如煙。轉覺心憂世，其如命在天。同君暢懷抱，一醉杏花邊。

其二

愛聽箏聲曲，貪看錦上花。青年去如矢，〔二〕白髮坐來加。政復臨身世，〔三〕無徒戀物華。勸君堅晚節，湖畔卧煙霞。

〔一〕「德原」，《王忠文公文集》（明萬曆三十二年張維樞刻本，下同）作「德元」。下同。

〔二〕「去如矢」言其速。

〔三〕「臨」，《王忠文公文集》作「憐」，似以「憐」字爲長。

春日繡湖上與德原同行

王禕

十里華川上，年來足勝遊。雨花林下寺，風柳驛邊樓。漠漠芙蓉浦，依依杜若洲。平生身外事，未許付浮鷗。

其二

相攜偶出郭，縱目路忘賒。山色初晴好，湖波積雨加。春濃浮酒興，人壯惜年華。世事猶多故，芳辰重嘆嗟。

次韻答金德原見寄

王　禕

蹉跎三十未成名，況復時危事足驚。歲月逼人渾似夢，〔一〕江湖浪跡若爲情。已知干禄無他術，可信爲儒誤此生。多謝知心能念我，歸歟獻歲對持觥。

與德原解后光明溪上〔二〕

王　禕

眼見兵連婺女城，吾邦騷亂若爲情。已應卹緯無他策，要復窮經了此生。少室山人空索價，杜陵野老欲吞聲。荒村避地相來往，日暮班荆蓋共傾。

〔一〕「渾」原作「深」，兹據《王忠文公文集》改。

〔二〕「德原」下《王忠文公文集》有「國章」二字。

金德原西園宴集得第字

王　褘

旭日散微暄，喬林動清吹。雖忻氣候佳，頗覺衆芳悴。朋簪得稍盍，客屐隨所憩。華年嗟易徂，嘉會況難值。開尊引清觴，有酒須盡醉。情真略儀餙，理會忘物議。維予二三子，夙宿諧深契。豈無西掖才，未擢南宫第。淹時姑陸沈，誰云果忘世。獨憐飄泊蹤，萍蓬渺根蒂。未知今日懽，明年復何地？

二月望在鞏昌客館夜夢歸里中與金十二丈傅九文學同遊高五處士別業既覺有感而賦（節選）

王　褘

東風解凍春二月，東還隴西駐吾轍。中宵好月入窗明，孤館殊花應時發。慷慨既罷倚醉眠，夢裹迢迢返東浙。我家住在縣烏傷，奕世衣冠紹先烈。青巖之下華川湄，古木修篁蔭門閲。里中朋友不數人，總角交游到華髪。金丈雖老文益昌，傅子方强氣難遏。縣南高叟故所居，別墅新營最幽絶。大田多稼廪不虚，華屋有軒席常設。〔一〕自余便道過家時，三載于今成闊别。今日何日乃盍簪，固應舊好三生結。竹牀藤簟坐峥嶸，〔二〕橘逕梅蹊行蹩躠。篇章雜遝詩句哦，盤饌紛紜酒盃啜。既誇答客語仍狂，頗憐哭子言猶噎。儼然相對如平生，抵掌論心盡懽悦。寒鐘驚覺頓無聊，一點青燈自陰滅。〔三〕倍思故隱只山中，却嘆浮蹤向天末。

國賓黄先生之官義烏主簿因賦詩奉贈

王　褘

德原負才氣，少也不可羈。援經復據史，歷歷談是非。酒酣即狂歌，襟度無畛畦。左足久蹩躠，想更容顔衰。惜哉承平世，遺此磊落姿。近聞處村僻，轉與世情違。

〔一〕「華屋」，清鈔本作「草屋」。
〔二〕「牀」，《王忠文公文集》及嘉慶《義烏縣志》均作「林」。
〔三〕「陰」，《王忠文集》（文淵閣本，下同）作「明」，義長。

跋金德原和王子充詩後〔一〕

宋濂

右德原金先生所和子充王君詩，凡一百九十韻。時子充在金陵，因黄主薄之官烏傷，作詩餞之，遂於鄉中舊遊深致意焉。詩止一百二韻，凡增多八十有八者，乃先生引而伸之也。濂嘗力疾起讀，非惟波瀾浩渺，不可涯涘。而其念鄉學之美，思官政之治，實有得古人風勸之義。視彼摭辭摘句，〔二〕取合於一時者，不翅天淵之懸隔矣。

昔者柳柳州同劉賓客述舊言懷，〔三〕寄澧陽張使君五十二韻之作，因其韻增至八十，通贈二君。今其詩尚存，要不過流連光景，嘆悼無聊者之辭耳，雖其觸類盡意，

〔一〕「跋」，《宋文憲公全集》（嘉慶刻本，下同）卷四五作「題」，《文憲集》（文淵閣本，下同）、《宋學士全集》（《叢書集成新編》本，下同）亦同作「題」。

〔二〕「摭辭摘句」，《宋文憲公全集》卷四五及《文憲集》、《宋學士全集》皆作「摭華摘艷」。

〔三〕「柳柳州」，底本奪一「柳」字，據《宋文憲公全集》卷四五及《文憲集》、《宋學士全集》補。

不厭其多，與先生略同，至於有關世教，足以增大彝倫之重，〔一〕則識者當謂先生之詩爲不徒作也。

先生氣雄而言腴，發爲文章，尤雅健有奇氣，又不但長於詩而已。先生爲己之功深，不自表襮，唯濂知之爲獨至，故題諸詩後以志慕艷之私云。〔二〕

白雲許先生墓誌銘節文〔三〕

黄溍

既老而益艱瘁，僦屋以居，有田不足具饘粥，而處之裕如。門人吕權、蔣玄、金涓方爲先生買田築室，〔四〕而先生逝矣。

〔一〕「大」，《宋文憲公全集》卷四五作「夫」，「夫」字義長。
〔二〕「題諸詩後」，底本奪「後」字，據《宋文憲公全集》卷四五及《文憲集》、《宋學士全集》補。
〔三〕此文收於《黄文獻公集》（《叢書集成初編》影印《金華叢書》本，下同）卷八。
〔四〕「方」字之後《金華黄先生文集》有「謀」字。

黄文獻公神道碑銘節文〔一〕

危素

至正十七年閏月丙午，翰林侍講學士、中奉大夫、知制誥、同修國史、同知經筵事、金華黄公，年八十有一，〔二〕薨于家。是月己未，其孤梓與門人劉涓、王禕、朱世濂、傅藻等，葬於所居義烏縣東北三里崇德鄉東埜之原。明年，以門人翰林國史院編修官同郡宋濂之狀至京師，屬臨川危素銘其神道之碑。

〔一〕此文收於《黄文獻公集》卷十二全文附録。作爲附録附於《文獻集》（文淵閣本，下同）卷七下。

〔二〕「年」，原無，兹據《黄文獻公集》補。

補遺

題蜀山樵唱後序〔一〕

予憶侍先師黄文獻公，謁文懿許先生於歲寒亭上，學者環立左右，而北方之人爲多。儀觀俊偉，辭語閑雅，心竊慕之。既而，先師以應奉文字召入翰林，予遂登文懿先生之門，與諸公竝列。時蒙古人丑時中已登科第，維揚王仁、昭魁，河南省真定馬文潛，由國子監生先後繼至。雖以先生之德業聞望昭著于外方，故不遠數千里而來，亦由當時科目之設，爲一代之盛選，所以讀書而至者，不絶乎道路，是皆有出仕之望者也。

〔一〕據嘉慶《義烏縣志》（義烏市志辦複印灌聽圖書館重印本）卷二一補。

今天下方用兵，設科取士之法有所未暇。吾友楊君仲齊獨閉户讀書，爲文詞有氣有光，法度可采，且又絶意進取，深可加尚。而熊侯以郡同知金華事潘公廷堅，字文叔，號茂清薦，首推爲武義經師，居數月力辭而退。邑宰胡子實又因選才之例，舉以充貢，僶俛戒途，遽辭疾而還。於是心愈求僻，徘徊於蜀山之間，擇林谷之幽、竹石之美，僦法興精舍小樓，爲修讀之計，感激奮勵，刻苦自持，不與事接。凡經、史、子氏、醫藥、卜筮之書，無有不讀，而約通其大義，其於堪輿之學尤爲精妙。暇則藝游乎吟詠之間，長篇短章，豐厚古澹，膾炙人口，此特其餘事耳。

予久寓蜀墅，與仲齊相去不遠二三里，而每一相見，動逾數月。仲齊方以分陰爲惜，而不暇出；予亦以多病足弱，而憚於行。暇日，偶同劉仲章氏過仲齊，見其學日益進，而德日益修，且材質足以任重，知慮足以周物，誠不忍見奇瑶横棄道側，因諷之出仕。方仲齊曰：「予才雖不迨古人，而志豈不同於古人乎？子不聞閔子之言曰：『如有復我者，則吾必在汶上矣。』」卓然之志，介然之言，殆不可犯，庶幾古之所謂獨善其身者歟？

嗚呼！古之君子未嘗不欲仕，又惡不由其道，惟其有可爲之時，必資乎能爲之才，又有得爲之勢而後出。既出，則必求行吾志，未嘗屈身以殉人也。今仲齊讀書明理，論學則優矣，是有能爲之才也；郡邑之間，文章論薦，又有得爲之勢也。抱能爲之才，挾得爲之勢，乃高居深隱，若將終身焉者，抑非以時方用武，未見其有可爲之時邪？誠使幡然悔悟，出而用世，操觚翰以廁于諸公之門，立奇以取名，孰曰不可？乃釋此時而不爲，則知仲齊夙夜强學，非所以待問也！藏器于身，非所以待時乎？時不再來，仲齊其自爲之。

時爲乙巳九月，在洪武前四年

金華上河東閣記〔一〕

余憶先師文獻黄公致仕而歸，道次金華，宿於何氏之東閣，多出前賢墨蹟以求誌焉。既歸，謂門弟子今翰林待制王君子充與涓曰：「余見昔賢翰墨多矣，如何氏家藏

〔一〕據清宣統元年（一九〇九）本《崇儒金氏宗譜》補。

者，亦不易得，二生暇日，曷一往觀覽焉？」方是時，子充年壯氣鋭，慨然慕司馬子長之遠遊，余亦以事牽，弗遑及何氏之門觀所謂前賢墨蹟者。數年後，子充返自幽燕，天下用兵，人事參差，願莫之遂。戊戌冬，余避地蜀山，適子充挈家亦至，距何氏居僅二十里，往往相與徘徊於荒林迂徑，未嘗不欲同往，因念何氏當此際，亦且厭囂躭静，入山欲深，縱往未必遇。繼而大軍至婺，子充赴召行省，余遂依蜀山築墅。楊子真氏以何氏舜傳之命，徵余爲東閣記。因詢及前賢墨蹟，俱無恙，意愈悵怏，方以不能如先師之言爲恨，由是益欲往觀而讀之。適其時，肩輿者有禁，余既年老衰憊，不能就途。矧以秋清水冷朝涉不可，雖以斯閣之瑰奇特絶，不得一登覽而暢懷，所藏諸名公之真蹟不得寄目而償所願焉。今歲秋仲，舜傳之季國政館寓蜀山，朝夕相與盤桓雅遊之樂，亟欲記所爲東閣者。余因曰：「古人之記樓閣臺榭，凡其所以形狀風物、賦詠林巒、烟景之勝，亦必游目注望，曠然有會於心，使其氣志清明，性靈閒逸，然後含毫濡墨，颯颯乎直追其意之所形，翰鳥墜層雲，遊魚出重淵，邈焉人莫窺其際也。今乃欲俾余憑空想像，彷佛而爲之記，如瞽者之於樂章，雖能記誦，而終弗窮其旨趣之妙也，不已誣乎。」然以余交遊之素，何氏屬意之勤，亦竊喜記之而掛名於東閣之上，故不辭揣摹形似以庶幾其大槩焉。

嗚呼！人之生也，富貴利禄不足以長世，惟務修實德，讀書明善，昭示子孫，使之感慕激發，以無隕祖宗之令緒，斯爲可貴。何氏自宋樞密天澤公、太子賓客梦然公之後，子孫蕃茂，遂爲衣冠望宗。吾想其全盛之時，爲賢士大夫之歸仰，故獲蓄有名賢翰墨，貽傳至今。其種德深厚，亦大畧可槩見矣。弗替引之，是在後人。

題水竹洞天〔一〕

山色遥觀翠萬重，泉聲近聽與琴同。洞天水竹殊清絶，烟島雲林入望中。詩債曲情償夜月，酒籌花譜領春風。主人愛客常投轄，日日亭心有醉翁。

〔一〕此二首兹據乾隆五十四年（一七八九）本、清宣統元年（一九〇九）本、民國十四年（一九二五）本《崇儒金氏宗譜》補録。

其二

洞天水竹緑如雲，清灑玲瓏迥出塵。時有達官來下馬，近聞故老已無人。舊遊猶記青春好，重到何堪白髮新。玉樹歌殘顛頷甚，酒邊揮淚一沾巾。

附　卷

青村遺稿序[一]

胡　森

友人金江一日出其先世青村先生遺稿，請森序，將梓以傳。

森惟先生嘗及白雲許先生之門，卒業于黄文獻公，與宋太史、王待制爲同門生。既而宋、王二公入國朝，爲文學宗臣，而先生獨夷猶雲山水石間，以終其身。無論州郡薦辟，雖於二公之推轂，漠如也。其詩曰：「至理由來無古今，後人删註轉迷沉。遺經獨抱加潛玩，始識羲文廣大心。」則其於道，蓋有默存者矣，而又不著一言，以

[一] 據清鈔本補録。

益疣贅。凡先生之用心如是，要皆未易窺測，幸其鳶魚自得之趣，不能終自祕藏間，嘗發於吟詠，而足以翊鄉學、風官政、增大彝倫者。尚多使先生少用於時，則其裨補治化，豈出二公下哉？森無似，又得因遺稿以考見緒餘，所恨散失已多，倘有存者，尚當相與求之。

先生諱涓，字德原，本姓劉，避吴越錢武肅王嫌名改姓金，隱居青村，學者因以稱之。江字孔殷，爲先生第七世孫云。

嘉靖三年秋七月下澣，後學郡人胡森書

青村遺稿序〔一〕

董期生

余每見人輯其先世譜乘及其前人卷册，〔二〕必爲之嘆賞流連，一若身踐其事，而釋

〔一〕據清鈔本補録，嘉慶《義烏縣志》（義烏市志編輯部影印本）卷十四《理學》亦節録了大部分，但不完整。

〔二〕「乘」，原文筆畫殘缺且模糊不清，兹據文意擬補。

其宿疢者。蓋人莫不有其本根，無俟師勸之而官董之，爲之則安，〔一〕不爲之則不安，〔二〕弗志之則忘，志之則弗忘。且人之先祖，不必皆有賢名，皆有高節；而有賢名與高節，則愈不可忘。至於家以之爲法，父以之爲傳，前人既作之於前，則後人宜繼之於後。昔之人文章懸日月，〔三〕形貌留圖畫，聲名躋僑肸，而論者必推原之，以爲是有父風，是有祖德。而古今賢士大夫，上自子長、孟堅，下逮希文、君實，近若鄭綺、黄逢原輩，莫不世其先業，考其遺編，蓋本根之際，不可以不勤耳。

吾友繡川金子，今之景略也。語自其口出，〔四〕則罔不驗；事自其手定，則罔不宜；謀自其意裁，則罔不成；人自其目存，則罔不辨。於凡六經、二十一史、百家衆流、歷代諸大典章、詔勅、條奏，旁及篆籀、真草、潑墨、寫生、青烏、禄命之屬，洵有似曼倩所爲，經目而諷於口，過耳而闇於心，研精而究其理，不習而盡其巧。長

〔一〕「安」，原文僅存上部殘筆，兹據文意擬補。
〔二〕第一個「不」字，原文僅存右下部殘畫，兹據文意擬補。
〔三〕「昔」，原左部缺損，據殘筆和文意擬補。
〔四〕「語」，原文右下部分筆畫有殘損，兹據文意隶定。

山之役前箸兵，間二十餘年，步騎〔一〕、舟車、戈鋋、陣壘，細無不曉；所□歷江湖、河海、絶塞、荒裔、窮島畢□，〔二〕山有節而水有支，繩可量而米可聚。〔三〕故余所睥睨天下士不少，而於金子則爲之魄動。廼金子則絶口不言勢位，絶口不言戰功，絶口不言榮名。對簪纓則或不如韋布，臨武健則或不如侏儒，接奔競則或不如雅淡，逢智巧則或不如樸鄙。而且見耄老若欲扶之，見幼孤若欲撫之，見傷殘若欲全之，見疾厄若欲起之，見傾陷若欲超之，見頑冥若欲開之，見危亡若欲活之。非徒欲也，皆有其事焉。而且晦而不失其明，通而不失其正，隨而不失其矯，寬而不失其密。口不離脱粟而奉老母極嗜味，體不被鮮衣而待遠宗悉贍給，室不容鸁滅而遇鄉曲多恩施，座不留俗客而處雅素比同生。蓋入則肆志於篇章，而出則移情於林野。余嘗竊計曰：「此賢殆有不可忽者。」

〔一〕「步」字下部原本略有殘泐，兹據文意隶定。
〔二〕「島」下一字原本存上部，兹據殘形擬補作「畢」字。
〔三〕第二個「可」字原本略有殘泐，據上下文補。

一日，出其先世《青村遺稿》，係其先子所手授。余反復久之，金子固有其本根哉！

青村先生生元季，虞文靖集、柳文肅貫薦之不起。入明，而教授青村，不應州郡之辟。王子充詩云：「惜哉承平世，遺此磊落姿。近聞處邨僻，轉與世情違。」而鄭公柏傳稱爲「安貞蜚遯之士」。今讀稿中詩有曰：「虎頭燕頷君休論，好向山陰買釣船。」又曰：「携取琴書便歸去，奚須更待杜鵑啼。」先生固隱者也。

先生學於許文懿公謙，直溯勉齋黄氏，得金華朱學正傳。王君可宗謂同門者百數十人，獨先生稱爲入室高第。又學於黄文獻公溍，公以學問文章名天下，即宋公濂、王公禕之師，而先生事之爲最先，文獻嘗呼爲益友。危侍講碑敘門人之葬文獻也，以先生居首，列子充上。宋公爲文獻行狀，敘門弟子相治後事，共四人，先生亦居首，列王、宋、傅之上。後裒集文獻遺文，請建祠宇，先生輒與焉。景濂曰：「先生爲己之功深，不自表襮，惟濂知之爲獨至。」今讀稿中詩，有云：「静中自得其中理，此意無人會得知。」又云：「誰識箇中真樂趣，偶來林下看雲生。」又文云：「先師道業之傳，宗而主之者有其人，予復何憂？」先生蓋儒者也。

余思古今來隱者多矣，不必皆有見道之能；儒者亦多矣，不必皆有高世之操。惟晉之元亮、宋之堯夫，庶幾近之，乃一則黄魯直以爲千載人，一則程子以爲振古豪傑。先生其兼而有之耶！

顧先生嘗有《湖西》、《青村》二集，共四十卷，今僅存文一首，雖散，體其意，略同《歸去來詞》。詩一百五十二首，多唐人風致，殆欲遠駕安樂窩、自得吟諸作。夫文之傳與不傳，與傳之多與不多，不必爲先生計，獨是先生與宋、王二公同時同里又同師，二公之集，余嘗得竟讀之，而或有似于博而不精，或有似于精而不博。即景濂嘗謂先生文章雅健有奇氣，不但長於詩。子充嘗稱爲「援經復據史」，「雖老文益昌」。乃二公之作，即如鑷髮之句，急就之章，猶誦説於不衰，而先生之遺稿，越百數十年，至嘉靖間六世孫别駕公魁始搜之散亡之餘，付其子孔殷公江爲之梓，得正續二卷。今又百數十年，裔孫金子復遵其先志，當兵燹頻仍，幾失而復得，因詮次而合爲一編，刻之以垂永久。而余於今日亦始獲讀先生遺稿於二百數十年之後，豈董、常之道德真不如房、魏之勛名耶？

余於是重思金子矣。今夫生未有所受，故動静皆迷；意未有所主，故方圓皆滯。

所趨不於其正，或亂之以紛紜之塗；所期不於其遠，或淆之以聲利之域。而金子則有父風，有祖德，又勤於本根，而不廢先業，克保遺編。儻所謂爲之而安、志之而弗忘者，豈非生有所受，而意有所主，所趨於其正，而所期於其遠者哉！余謂金子在今日果有若永州所云知謀雄偉非常之士，不知其何以至此，今而知金子之所以至此也。且夫宋、王二公之書傳，其後未必遂如二公，今青村之書亦傳，其後遽能力追先生，然則宋、王不見多，而青村不見少。天下久知有宋、王，宋、王無所加；天下始知有青村，青村無所減。且勛名有時而不彰，道德歷久而彌著，即又何必如静誠之參帷幄、草廬之祀廟廷而後爲賢乎。而金子深遠矣，而青村先生不可尚已，而所云別駕父子之後代復有別駕父子者出，斯言亦驗矣。

嶺南雷陽司理蘭亭後學董期生序

青村遺稿跋〔一〕

董期生

余初撰青村翁詩敘，梨棗方鐫，而桑梓遽擾，不相聞者十餘年矣。頃乃識公絢兄于羊城。公絢原名漢綵，少季好奇，喜浪遊，遂及長山之變，寄才智於飛天雪窖中，改名曰光。與其家不相聞者亦二十餘年，顧与余握手歡甚，如舊相識，共譚往事。後出此稿，觀之宛然昨夢。嗚呼！自元末至此三百載，自浙至此五千里，而余與公絢極南極北，各出萬死一生之餘，重爲此稿作流布因緣，浮生變幻，一至於此！廼此不忘宗祖，一念炯然獨存，不與浮生俱往，則吾輩父母朿生前一著，〔二〕又豈可忘耶。

丁酉春三月八日，今釋再題

〔一〕據清鈔本補録，原題「跋」，今名爲編者所加。

〔二〕「朿」字爲一不規範草書形體，不易確定，現擬定爲此。

青村遺稿跋〔一〕

金漢綵

憶綵自甲戌浮浪湖海，走轂奔蹄者二十餘年。迄乙未之冬，廼始一返故鄉，皆口尚能作里巷語，而鬢毛已變衰矣。因念先君子奄没，〔二〕其生平所作，未嘗無面。〔三〕卿一卷，桓譚一篇，即家所存者，亦或如仲子陵圖書種種，今亦散佚，〔四〕雖兵燹所經，幾不復有。瓦縫釘頭，何況於龜毛兔角，且身羈異地，收輯未遑，肰生爲人子，父書不讀，怨哉有餘痛矣！

一日抽架上書，忽于朽編落簡中得先世青村公遺稿，取而誦之，貫日兼辰，悲喜

〔一〕據清鈔本補録，原題「跋」，今名爲編者所加。因版本殘缺，故多有闕疑。
〔二〕「君」字原本下部殘泐，兹據上下文意擬補。
〔三〕「面」字原本書寫得不規範，不易確定，兹據上下文意擬定。
〔四〕「亦」字原本下部殘泐，兹據上下文意擬補。

交集。許綵始在髫⿱髟眉，〔一〕嘗侍先君子，輒以此稿相示，曰：「此吾先世青村先生遺業□（也）。〔二〕先生生於元季，入明，初而隱居吾郡之青村，深乎理學，〔三〕當世儒者若宋、王某某輩，咸攝齊受教〔四〕奉，爲人宗。其述作甚富，顧不自奔耀，〔五〕家無藏稿，兹編多得之長老耳中，及散在他帙者，不可以不守也。」廼不謂陵谷高深，此稿幾不可復得，而猶幸光芒未毀，尚出之於朽編落簡之中。嗟嗟，先君子之書猶在耳也，先生之稿猶可讀也。爰合正續二卷，少加勘校，〔六〕爲再刻之。光亦不敢□先人之志，〔七〕□□□先生之道德文章。鄭某有□□人王某有□□□有宋、王諸先生歌詠，及題見于

〔一〕髫⿱髟眉，「⿱髟眉」字字書不載，疑爲「鬢」字俗訛。

〔二〕「也」，原本殘泐，兹據上下文意擬補。

〔三〕「乎」，原本中部略有殘泐，兹據上下文意擬補。

〔四〕「教」，原本略有殘泐，兹據上下文意及殘筆擬補。

〔五〕「奔耀」費解，疑爲「夸耀」筆誤。

〔六〕「勘校」二字原本略有殘泐，兹據上下文意及殘筆擬補。

〔七〕缺字原本存上部「亠」形，下部殘泐，原字疑爲「忘」字。

碑誌雜文與遺稿前後序跋，〔一〕亦略可覩。而先君子之勤勤家學、切切□世德者，此意又烏可忘哉。

己亥初春日裔孫漢綵謹跋

四庫全書青村遺稿提要

《青村遺稿》一卷浙江巡撫采進本，元金涓撰。涓字德原，義烏人，本姓劉，先世避吴越王錢鏐嫌名，改爲金氏。初受經於許謙，又學文章於黄溍。嘗爲虞集、柳貫所知，交薦於朝，皆辭不赴。明初，州郡辟召，亦堅拒不起，竟教授鄉里以終。所著有《湖西》《青村》二集，共四十卷，兵燹不存。嘉靖中，其六世孫魁始掇拾散亡，編爲此本，魁子江始刊板印行，以所存無幾，非涓手定之原集，故題曰「遺稿」。涓於宋濂、王褘爲同學，褘贈涓詩有「惜哉承平世，遺此磊落姿」句，頗嗟其沉晦。而涓

〔一〕「題」，原本殘，玆據上下文意擬補。

《送李子威之金陵》詩云：「若見潛溪宋夫子，勿云江漢有扁舟。」乃深慮其薦達，志趣頗高。然其詩則不出江湖舊派，摹寫山林，篇篇一律，殊未爲超詣。觀集中有《錢塘行在》一篇，以元統、至正間人，何至指錢塘爲「行在」，知由躭玩宋末諸集，以習熟而誤沿舊語矣。特以託意蕭閒，不待矯語清高，自無俗韻，又恬於仕宦，疎散寡營，亦無所怨尤，故品格終在江湖詩上耳。詩道關乎性情，此亦一證矣。

《金華先民傳》金涓傳〔一〕

應廷育

元金涓，字德源，義烏人。從許謙講道於八華山，稱爲高第；既又從黄溍學古文詞，與宋濂、王禕、朱廉爲友。其文雅健有奇氣，當其乘興援筆，頃刻千百言不自休。性樂恬澹，絶意仕進，虞集、柳貫交章薦之，皆不起。入國朝，州縣屢辟，輒辭，曰：「犧尊青黄，豈木所願？孤豚之好，游戲汙瀆。且吾髮已種種，焉能騁馳簪

〔一〕據《續金華叢書·金華先民傳》，江蘇古籍刻印社影印甲子春永康胡宗楙校録本。

組間哉！」於是，厭所居迫市，徙去縣南蜀山之下青村以居。朋舊扣門，輒焚香瀹茗，促席對榻，抵掌劇談；客去，輒復閉門，不妄出。學者稱曰青村先生。所著文集有《湖西稿》、《青村稿》，總四十卷。

萬曆《義烏縣志》金涓傳〔一〕

金涓，字德原，自幼警敏，日記數千言。比長，遂大肆力於經傳。聞許謙承考亭之緒，講道八華山中，乃執經從之。謙語曰：「學者必以五性人倫爲本，以開明心術變化氣質爲先，以爲己爲立心之要，以分別義理爲處事之制。」涓朝夕惕勵，研究奥旨，體認踐履，務期脗合，稱爲入室高第。又嘗受業黄溍，溍見其文字簡古，奇之。與吴萊、宋濂、王褘、朱廉輩爲友，講索益精。州縣薦辟，輒懇辭，謝曰：「犧樽青黄，豈木所願耶？吾髮已種種，焉能馳驅簪組之間哉！」隱居青村，授徒著書，學

〔一〕據萬曆《義烏縣志》卷十二《人物傳·儒林》，義烏市志編輯部影印本。

者稱爲青村先生。有《青村遺稿》若干卷藏於家。

崇禎《義烏縣志》金涓傳〔一〕

金涓，字德原，天性高朗，淹博經史。聞白雲先生許謙講學八華山中，涓往從之。謙語曰：「學以五性人倫爲本，以爲己爲立心之要。」涓體認踐履，深造自得。時婺何、王、金、許，稱朱學嫡傳，疏解益細，涓獨超然冥悟。賦詩云：「至理從來無古今，只因箋註轉迷沈。遺經獨抱加潛玩，始識羲文廣大心。」蓋已會朱、陸之同矣。詩文簡遠古絜，與宋濂、王褘同遊文獻公黄溍之門，王、宋皆畏友事之。州郡薦辟，俱不就；即二公爲之推轂，亦復堅謝。有詩云：「生計喜添供鶴料，閒身幸結住山緣。客來不話功名事，且誦莊生第一篇。」宋濂稱其爲己功深，有卓乎不可及者。隱居青村，授徒著書，學者稱爲青村先生，有遺稿若干卷。

〔一〕據崇禎《義烏縣志》卷十二《人物傳·儒林》，義烏市志編輯部影印本。

嘉慶《義烏縣志》金涓傳〔一〕

金涓，字德原，一作元。本姓劉，先世避錢武肅王嫌名改金。自幼警敏，日記數千言。比長，肆力於經傳。聞白雲先生許謙承考亭之緒，講道八華山中，侍師黄溍謁歲寒亭上。至順二年，溍以應奉文字召入翰林，遂登謙門。謙告之曰：「學者必以五性人倫爲本，以開明心術、變化氣質爲先，以爲己爲立心之要，以分别義理爲處事之制。」涓朝夕惕厲，研究奥旨，體認踐履，務期脗合，稱爲入室高第。其讀《易》詩云：「至理由來無古今，後人删註轉迷沈。遺經獨抱加潛玩，始識羲文廣大心。」在溍門，與吴萊、宋濂、王褘、朱廉輩爲友。涓爲文章，雄健有奇氣，其鳶魚自得之趣間，嘗發於吟詠。溍誌謙墓，有「門人吕權、蔣元、金涓，方爲先生買田築室」語。亦嘗建祠祀溍，田廬三讓其兄；娶瞽可追廷式，好施輒至傾囊。身爲元民，不立其

〔一〕據嘉慶《義烏縣志》卷十四《理學》，義烏市志編輯部影印本。

朝。明時召修《元史》，懇辭濂、禕之薦；州郡辟之，輒謝曰：「犧樽青黄，豈木所願邪？吾髮已種種，焉能馳驅簪組之間哉！」詩云：「生計喜添供鶴料，閒身幸結住山緣。客來不話功名事，且誦莊生第一篇。」濂稱其「爲己功深，不自表暴，惟濂知之爲獨至」。隱居青村，授徒著書，學者稱爲青村先生，有遺稿二卷行於世。

雍正《浙江通志》金涓傳[一]

金涓《金華先民傳》，字德源，義烏人。從許謙講道於八華山，稱爲高第；既又從黄溍學古文詞，與宋濂、王禕、朱廉爲友。其文雅健有奇氣，乘興援筆，頃刻千百言不自休。性樂恬淡，絶意仕進，虞集、柳貫交章薦之，皆不起。入明，州縣屢辟，輒辭，曰：「犧尊青黄，豈木所願？孤豚之好，游戲汙瀆。且吾髮已種種，焉能騁馳簪組間哉！」於是厭所居迫市，徙去縣南蜀山之下青村以居。朋舊扣門，輒焚香瀹茗，

〔一〕據雍正《浙江通志》，中華書局，二〇〇一年標點本。

促席對榻，抵掌劇談；客去，復閉門不妄出。學者稱青村先生。

高祖青村先生祀鄉賢序[一]

金　庚

高皇帝鑒王國之化，啓於閈閭，編民向方，自勸善始。乃敕郡縣，歲歲祀賢人，以風四方。無論隱顯，德重則祀之，道高則祀之。

萬曆嗣元，申明舊章。吾邑潘侯祇承德意，慨富貴丐播，人心饑渴，烏民棄農役兵，又率禮義廉恥而塗泥之，非清風高節，曷鎮頹波？乃以吾祖青村先生逸德聞考，素履於輿情，酌公論於學校，始上其狀於督學林公。林公賢之。繼而養宏俞公再上其狀於督學蘇公。蘇公益賢之，乃請於朝而祀吾祖於鄉。俾幽人枯骨血食王家，吾祖不亦榮歟？使穢俗靡風獲仰清德，斯世不既幸邪？卜日乃祀。

祀之日，咸相聚而言曰：「直道亡而公論忒，雌雄黑白，咫尺異同。今父老曰

[一] 據《（嘉慶）義烏縣志》卷二一收録；亦收於清宣統元年（一九〇九）《崇儒金氏宗譜》。

賢；薦紳曰賢；質之師儒，師儒亦曰賢；士論、民謡與當道賢聲同然一辭，難矣哉。」客爲吾祖喜者曰：「先達之祀於鄉也，猶荆山之寶，琢而爲器，陳之清廟，孰曰不宜？」先生逸德幽光，一玉之在璞然，誰則知之？吾懼先生執方圓者以爲石。先生尚潔，污者以爲石；先生敦節義，敗道者以爲石；先生志不屈，〔一〕奔競者以爲石，而瓦礫之矣。今群然玉先生而無瑕，與既琢者竝陳，不更難邪？俞公正襟對衆而言曰：「先生之行，尤難。古敘逸賢詳矣，於夷齊、泰伯，不曰聖之清，則曰德之至。以世方歸周，彼獨叩馬，以匹夫而抗天子，久矣；儲貳乃逃荆蠻，讓千乘猶敝屣，難也。然夷齊係商遺黎，故義不食粟，太王逆知廢立，〔二〕乃委曲去國，孔孟且難之。先生身爲元民，而不立其朝；父非太王，悉田廬而三讓于兄，不尤難乎？至娶婦不棄瞽目，好施不惜傾囊，祀師不吝建祠，值學宫茂草，〔三〕獨接金、許不傳之秘，承召修《元史》，懇辭宋濂、王禕之薦，抑又難矣！豈硜硜結蘭餐芝、枕石漱流、蟬脱囂埃

〔一〕「不」，原作「平」，茲據《崇儒金氏宗譜》改。
〔二〕「太王」，《崇儒金氏宗譜》作「泰伯」。
〔三〕「學宫茂草」，底本作「腥羶絶學」，據《崇儒金氏宗譜》改。

者比哉！昔以祀典係風化，先生祀，屈膝北廷推刃同氣者，〔一〕不赧然愧乎？請纓角藝，栖栖望侯門而燕雀之者，不惕然省乎？聞先生之風，寧無藐軒冕輕萬鍾、振衣霄漢濯足天河、薄日月而傲風雲者乎？有關世教，豈曰小補。」衆唯唯，三奠而退。

庚喜吾祖之祀可以風世，又喜諸公之言足以闡幽，故備述之。〔二〕

〔一〕「屈膝北廷」，《崇儒金氏宗譜》作「純盜虛聲」。

〔二〕文末《崇儒金氏宗譜》有「九世裔孫庚謹撰」七字。